D1445285

Traduit par Eve Paul Margueritte

© 1994 Grimm Press Ltd., Taipei, Taiwan
© 1994 Claudio Gardenghi pour les illustrations
© 1997 Calligram
pour l'édition française
Tous droits réservés
Imprimé en CEE
ISBN : 2-88445-382-2

COLLECTION STORIA

LE CADEAU DES MAGES

WILLIAM O' HENRY
illustré par
CLAUDIO GARDENGHI

CALLIGRAM
CHRISTIAN ALLIMARD

Un dollar et quatre-vingt-sept cents. Pas plus. Et soixante des cents, en pennies. Parfois l'emploi des pennies permet de marchander l'épicier, le fruitier et le boucher, jusqu'à ce que vos joues deviennent rouges de honte sous l'implicite accusation de parcimonie.

Della s'y reprit à trois fois dans son compte. Un dollar et quatre-vingt-sept cents. Et le lendemain était jour de Noël. Que faire ? Sinon se jeter sur le lit et gémir ? Della n'y manque point. Ce qui nous suggère la réflexion que la vie se compose de sanglots, de reniflements et de sourires. Les reniflements prédominent. Tandis que la maîtresse de céans passe du premier état au second, donnons un regard aux lieux. Petit garni de deux dollars par semaine. Pas absolument la misère ; mais presque.

Dans le vestibule d'en bas se trouve une boîte aux lettres, dans laquelle ne tombe jamais le moindre pli, et un timbre électrique que ne presse aucun doigt. Au-dessus de l'un comme de l'autre, une carte au nom de : « M. James Dillingham, jeune ».

C'était pendant une précédente période de prospérité, alors qu'il gagnait vingt-cinq dollars par semaine, que M. Dillingham avait cru devoir annoncer ainsi son nom aux populations. Maintenant que son revenu était tombé à vingt dollars par semaine, les lettres du mot « Dillingham » semblaient hésitantes, comme si elles songeaient sérieusement à se contracter en un D. modeste et sans prétention.

D'ailleurs, lorsque M. James Dillingham jeune rentrait chez lui et pénétrait dans son appartement, il y était appelé : « Jim » et fort choyé par Mme James Dillingham jeune qui vous a déjà été présentée sous le nom de Della. Tout ceci est fort bien.

Lorsqu'elle eut fini de pleurer, Della passa sur ses joues la houppette à poudre de riz. Elle s'accouda à la fenêtre et contempla d'un air morne un chat grisâtre qui se promenait sur un mur grisâtre. Demain était Noël, et elle ne possédait qu'un dollar quatre-vingt-sept cents pour acheter un cadeau à Jim. Dire qu'elle avait économisé depuis des mois chaque penny possible pour arriver à ce résultat. Avec vingt dollars par semaine on ne va pas loin. Les dépenses avaient excédé ses prévisions. Comme il arrive toujours.

9

Un dollar quatre-vingt-sept cents pour acheter un présent à Jim. Son Jim ! Que d'heures joyeuses elle avait passées à chercher ce qu'elle pourrait bien lui donner. Quelque chose de joli, de rare et de précieux, un objet digne d'être possédé par Jim.

Il y a entre les deux fenêtres de la chambre une glace étroite, dans laquelle une personne mince et très agile peut, en regardant son reflet à travers, obtenir une vue d'ensemble de sa silhouette. Svelte et agile, Della était passée maîtresse en cet art. Soudain elle quitta la fenêtre et se planta devant le miroir. Ses yeux brillaient étrangement, mais pendant vingt secondes son visage perdit toute couleur. Rapidement, elle dénoua ses cheveux et les laissa couler de toute leur longueur.

Les James Dillingham, dans leur misère, possédaient deux trésors dont chacun tirait un vaste orgueil. L'un était la montre en or de Jim, qui avait appartenu à son père et à son grand-père. L'autre était la chevelure de Della. Si la reine de Saba avait habité l'appartement vis-à-vis, Della, sous prétexte de la faire sécher, eût un jour laissé pendre sa chevelure par la fenêtre, uniquement pour déprécier les charmes et les bijoux de Sa Majesté. S'il avait connu le roi Salomon avec tous ses trésors empilés dans les caves, Jim, chaque fois qu'il eût passé devant lui, eût sorti sa montre pour le voir, d'envie, tirer sa longue barbe.

Les beaux cheveux de Della tombaient donc sur ses épaules, ondés et brillants, en une brune cascade. Ils atteignaient ses genoux et lui formaient un manteau. Elle les releva d'un geste nerveux et rapide. Cependant une brève défaillance l'immobilisa une minute, tandis que quelques larmes coulaient le long de ses joues pour venir s'écraser sur le tapis rouge usagé.

Elle enfila sa vieille jaquette marron et épingla son vieux chapeau sur sa tête. Dans un frou-frou de jupes et avec une flamme dans les yeux, elle se glissa hors de l'appartement, descendit l'escalier et se trouva dans la rue.

Elle s'arrêta devant une enseigne qui indiquait :
« Mme Sofronie. Postiches en tous genres. » Della
grimpa un étage et, devant la porte, s'arrêta, le cœur
battant, pour se recueillir. La patronne, grasse, trop
blanche et glaciale la reçut.

– Voulez-vous acheter mes cheveux ? demanda
Della.

– J'achète les cheveux, convint la dame. Enlevez
votre chapeau et laissez-moi voir de quoi ils ont l'air.

La brune cascade s'écroula.

– Vingt dollars, dit la dame en maniant la masse
d'une main experte.

– Marché conclu. Donnez-moi l'argent, dit Della.

Oh ! les deux heures qui suivirent s'envolèrent sur des ailes roses. Excusez la métaphore. Della remua tous les étalages avant d'acheter le présent de Jim. Elle le trouva enfin. Sûrement il avait été fabriqué pour Jim et pour personne autre. Il n'existait rien de mieux dans aucune boutique.

C'était une simple chaîne de platine, d'un dessin sobre, dont toute la valeur était dans la matière seule et non dans d'ostentatoires ornements, comme il en est de toutes les bonnes choses. Cette chaîne était digne de la montre.

Della, dès qu'elle la vit, comprit que cette chaîne devait appartenir à Jim. Cette chaîne lui ressemblait. Sobriété et valeur intrinsèque. On lui en demanda vingt-et-un dollars et elle rentra vivement chez elle avec les quatre-vingt-sept cents.

Avec une pareille chaîne à sa montre, Jim en n'importe quelle société pourrait s'inquiéter de l'heure. Car si magnifique que fût la montre, Jim n'osait jamais la consulter ouvertement à cause de la vieille lanière de cuir qui la retenait au gousset.

Lorsque Della rentra chez elle, son excitation tomba. Elle ressortit de vieux fers à friser, alluma le gaz et se mit en mesure de réparer les malheurs causés par un généreux amour, ce qui est toujours une tâche difficile, chers lecteurs, une tâche surhumaine.

Au bout de quarante minutes la tête de la jeune femme était couverte de petites boucles qui la faisaient ressembler à un jeune écolier du Moyen Âge. Elle contempla son image dans le miroir longuement, soigneusement et ironiquement.

– Si Jim ne me tue pas, se dit-elle, il dira que je ressemble à une « chorus-girl » de Coney Island. Pouvais-je agir autrement, ne possédant qu'un dollar quatre-vingt-sept cents ?

À 7 heures, le café était confectionné et, placée sur l'angle du fourneau, la poêle à frire s'apprêtait à cuire les côtelettes.

Jim n'était jamais en retard. Della prit la belle chaîne et s'assit sur un coin de table près de la porte. Lorsqu'elle entendit son pas dans l'escalier, elle devint pâle. Elle avait coutume de murmurer de petites prières au sujet des choses les plus puériles de la vie, aussi balbutia-t-elle : « Seigneur Dieu, faites qu'il me trouve jolie ! »

La porte s'ouvrit et Jim entra. Il semblait amaigri et soucieux. Pauvre garçon, il n'avait que vingt-deux ans et la charge d'une famille ! Il aurait eu besoin d'un pardessus et se passait de gants.

Jim s'avança, aussi impassible qu'un setter sur la piste d'une caille. Ses yeux alors se fixèrent sur Della avec une expression qu'elle ne s'expliqua point et qui la terrifia. Ce n'était ni de la colère, ni de la surprise, ni de la désapprobation, ni de l'horreur, ni aucun des sentiments qu'elle redoutait. Jim la dévisageait simplement d'un air bizarre. Della s'arracha de la table et vint à lui.

– Jim chéri, cria-t-elle, ne me regardez pas ainsi ! J'ai fait couper mes cheveux et les ai vendus parce qu'il m'était impossible de ne pas vous faire un cadeau de Noël. Ils repousseront, cela vous est égal n'est-ce pas ? Mes cheveux poussent extraordinairement vite. Souhaitez-moi un joyeux Noël, Jim et abandonnons-nous à la joie ! Vous ne savez pas quel joli, quel rare présent j'ai là pour vous...

— Vous avez coupé vos cheveux ? demanda Jim avec lenteur comme s'il arrivait à cette constatation après un pénible effort mental.

— Je les ai coupés et vendus, dit Della. Ne m'aimez-vous pas autant ainsi ? Même sans mes cheveux, je reste moi.

Jim regarda curieusement autour de lui.

— Vous dites que vous n'avez plus vos cheveux ? répéta-t-il d'un air idiot.

— Ne les cherchez pas, dit Della, je les ai vendus, vous dis-je. C'est Noël, cher Jim. Ne me gardez pas rancune, car c'est pour vous que j'ai fait ce sacrifice. Peut-être pourrait-on compter tous les cheveux de ma tête, reprit-elle avec tendresse, mais qui pèsera jamais tout mon amour pour vous ?... Mettrai-je les côtelettes à cuire, Jim ?

Jim parut s'éveiller d'un sommeil hypnotique. Il prit Della dans ses bras. Si vous le voulez bien, nous détournerons pudiquement les regards et fixerons avec discrétion un objet quelconque. Huit dollars par semaine ou un million par an, cela fait-il une grande différence ? Un mathématicien ou un homme d'esprit se tromperait sûrement dans son estimation. Les Mages apportaient des cadeaux de valeur, mais ils s'étaient trompés d'adresse. Ceci demande à être expliqué.

Jim tira un paquet de la poche de son pardessus et le jeta sur la table.

– Ne vous méprenez pas, Della, dit-il. Ce n'est pas une plus ou moins grande masse de cheveux qui pourrait rien changer à mon amour pour ma chérie. Mais si vous défaites ce paquet vous comprendrez pourquoi j'ai tout d'abord été atterré.

Des doigts agiles et blancs cassèrent la ficelle et déchirèrent le papier. Un cri d'extase, suivi, hélas, de brusques larmes et lamentations qui nécessitèrent de la part du maître du logis mille paroles réconfortantes.

Car le paquet contenait des peignes, cette merveilleuse parure de peignes que Della avait tant admirée à une certaine devanture. D'admirables peignes avec incrustations de pierres précieuses, en véritable écaille de la couleur de la belle chevelure évanouie. C'étaient, elle le savait, des peignes bien chers, et du fond du cœur elle les avait ardemment convoités, sans espoir. Et ils étaient siens. Mais les tresses qu'ils devaient orner avaient disparu.

Cependant elle les prit avec respect et balbutia en souriant à travers ses larmes :

– Mes cheveux poussent si vite, Jim.

Puis elle sauta en l'air comme un jeune chat en criant : « oh ! oh ! »

Jim n'avait pas encore vu son magnifique cadeau. Elle le lui tendit sur la paume ouverte. Le précieux et terne métal parut scintiller comme s'il reflétait la chaleur de cœur de la jeune femme.

– N'est-elle pas digne d'un dandy, Jim ? J'ai couru toute la ville pour la découvrir. Maintenant si cela vous fait plaisir, consultez cent fois par jour votre montre. Donnez-la moi, je veux voir comme elles s'harmonisent ensemble.

Au lieu d'obéir, Jim se laissa choir sur le lit et nouant ses mains derrière sa tête se mit à sourire.

— Della, dit-il, rangeons précieusement nos présents de Noël. Ils sont trop beaux pour que nous nous en servions tout de suite. J'ai vendu ma montre pour payer vos peignes. Et maintenant faisons cuire les côtelettes. Les Mages, comme on vous l'a dit, sont des gens sages, extraordinairement sages, qui apportaient des cadeaux à l'enfant Jésus dans sa crèche. Ils ont imaginé la tradition des cadeaux de Noël. Étant gens sages leurs dons le sont sans doute également ; peut-être avaient-ils prévu l'échange, en cas de duplicata ?

Je vous ai maladroitement relaté la chronique de deux de ces jeunes fous qui sacrifient l'un pour l'autre leur plus grand trésor. Mais reconnaissons que de tous les fous qui se font des cadeaux, ces deux-là étaient encore les plus sages. C'étaient des Mages.

WILLIAM O'HENRY
1862-1910

« O'Henry, c'est La Fontaine égaré dans un western
ou chatouillant du pied la fourmilière new-yorkaise.
Ses contes sont des fables modernes...
Soutenue par la bouffonnerie de l'inspiration,
une moralité commune s'en dégage où il apparaît
qu'O'Henry aura passé le meilleur de sa vie à illustrer
Le rat des villes et le rat des champs. »

Antoine Blondin

O'HENRY : SA VIE

SON EPOQUE

William Sidney Porter naît en 1862 en Caroline du Nord. Son père est médecin, c'est un homme original et alcoolique. Sa mère a fait des études, et elle est atteinte de tuberculose.
Orphelin très tôt, l'enfant est élevé par une grand-mère et des tantes qui lui donnent le goût du dessin et de la lecture des classiques.

À vingt ans, avec un diplôme de préparateur en pharmacie, Porter part travailler comme berger dans un ranch du Texas pour soigner sa tuberculose. Il y reste deux ans, pendant lesquels il passe son temps libre à apprendre l'espagnol et à travailler son anglais.
Il lit beaucoup, s'intéresse à tout : histoire, fiction, biographies, science et magazines en tous genres. Il trouve un travail de comptable à Austin où il épouse Athol Estes, la fille d'un gros commerçant de la ville.

Il devient ensuite dessinateur au cadastre. Leur premier enfant meurt au bout de quelques semaines, puis l'année suivante naît une petite fille, Margaret.
Il perd son emploi et entre comme caissier dans une banque. En 1889, on lui demande d'illustrer un livre sur les problèmes posés par les Indiens au Texas. La famille Porter vit heureuse et très simplement. Il dessine pour ses proches de petites scènes pleines d'humour, et entasse dans sa grange presque un millier de livres.
En 1894, il quitte la banque pour publier son propre journal humoristique *The Rolling Stone*, dans lequel il peut exercer sa veine satirique.
C'est un jeune homme doué et bon vivant,

1861-1865 :
Guerre de Sécession en Amérique entre États du Nord et du Sud.

Principales causes :
– le Nord, très industrialisé, est gêné par la concurrence de l'Europe et veut des lois protectionnistes. Le Sud est agricole, sa prospérité repose sur la culture du coton et l'exportation vers l'Angleterre, il est donc libre-échangiste.

– la traite des Noirs est abolie depuis le début du siècle, mais l'esclavage subsiste, et il est même indispensable à la culture du coton dans le Sud. Le Nord au contraire veut abolir l'esclavage.

– Nord et Sud se disputent les nouveaux territoires qui se gagnent tous les jours à l'Ouest.

La Guerre de Sécession est la première guerre moderne, elle préfigure la Première Guerre mondiale.

*On y expérimente
des tactiques et des armes
nouvelles (mitrailleuses,
cuirassés, torpilles,
mines…), elle fera plus
de 600 000 morts.*

*Juillet 1863 :
le Nord gagne la bataille
de Gettysburg.*

*1864 : Lincoln est réélu
président.*

*1865 : l'esclavage est
aboli sur tout le territoire
des État-Unis.*

*9 avril 1865 :
les Sudistes capitulent
à Appomatox.
Lincoln est partisan
de la clémence pour le
Sud, mais il est assassiné
par un sudiste fanatique.
Les représailles contre
le Sud seront sévères.*

*1867 : la Russie cède
l'Alaska aux État-Unis.*

*10 mai 1869 :
naissance du premier train
transcontinental. Il a fallu
17 000 hommes*

qui n'hésite pas à se lancer dans des aventures rocambolesques : c'est ainsi que, convaincu par des rumeurs au sujet d'un trésor enterré dans la région il devient chercheur de trésor. Mais l'aventure tourne court.

Mal conseillé, il perd des lecteurs et doit cesser la publication du *Rolling Stone* en avril 1895. Le voici maintenant en quête d'un nouveau travail. Sa vie de famille est harmonieuse, ses amis et beaux-parents l'apprécient, et il s'occupe beaucoup de la petite Margaret, car la santé et les nerfs d'Athol sont fragiles. Des amis font parvenir au directeur du *Houston Post* un exemplaire du *Rolling Stone* qui séduit le destinataire. Porter est donc embauché comme journaliste, et s'installe avec sa famille à Houston. Il y écrit sous son vrai nom, et court la ville en quête d'idées et de personnages. À la vue de son don pour le dessin, on lui demande aussi des « cartoons » politiques.

Mais en février 1896, Porter, en tant qu'ancien caissier de la *First National Bank* d'Austin, est accusé d'avoir détourné la somme de 4700 dollars. Il est arrêté, puis relâché. Pour se défendre il lui faudrait pouvoir consulter les livres de la banque des cinq dernières années, et donc disposer de beaucoup de temps. Mais cela lui est impossible à cause de son emploi à Houston, de l'état de santé de sa femme qui ne cesse d'empirer, et des continuels allers-retours qu'il doit faire entre les deux villes. Son directeur continue cependant de lui payer son salaire, et l'aide même matériellement.

En juillet, il prend le train pour se rendre
à son procès à Austin. Mais à Hempstead où il
attend sa correspondance, il se jette finalement
dans un train pour la Nouvelle-Orléans.

Là, Porter vit dans des pensions et commence à
prendre l'habitude de boire. Il travaille pour des
journaux, mais le reportage ne l'intéresse guère.

Cependant, il cherche un endroit à l'abri
de la justice américaine, et passe au Honduras.
De là, il rayonne en Amérique latine, se lie avec
d'autres proscrits, et découvre un nouvel art
de vivre en même temps que les délices du
brandy. Porter n'écrit rien pendant cette période,
mais ces expériences lui serviront plus tard.

Sa femme est retournée vivre chez ses parents
avec Margaret, et Porter pense à les faire venir
au Honduras. Il a déjà inscrit sa fille à l'école.
Mais à Noël 1896, il apprend qu'Athol
est au plus mal, et il prend aussitôt la route
d'Austin. Ils passent ensemble les derniers mois
de son existence, Porter aux petits soins
pour elle, la portant quand elle ne peut marcher,
la promenant pour la distraire. Elle meurt en
juillet 1896.

Convaincus de son innocence, les beaux-parents
et les amis de Porter font tout pour l'aider, allant
jusqu'à l'entretenir complètement. Mais il est
condamné à cinq ans de prison, bien que son
beau-père ait remboursé la banque. Il passe trois
ans dans un pénitencier de l'Ohio avant d'être
libéré pour bonne conduite.

*et 4 ans de luttes
pour défricher les espaces
vierges, franchir la Sierra
Nevada, et triompher
des Peaux-Rouges
qui attaquaient sans cesse
les convois de matériel.*

*Jusqu'en 1900 :
industrialisation et
développement du
capitalisme aux État-Unis.*

*De 1850 à 1914 :
presque 30 millions
d'immigrés s'installent aux
État-Unis. La conquête
de l'Ouest se poursuit.*

*1886 :
création du premier grand
syndicat de travailleurs
aux État-Unis.*

*1898 :
guerre entre Espagne
et État-Unis. Ceux-ci
annexent Guam, Porto-
Rico et les Philippines.*

*1900 :
les État-Unis sont les
premiers producteurs
agricoles et les premiers
exportateurs du monde.*

DANS LE MONDE
A CETTE EPOQUE :

DANS LE MONDE
A CETTE EPOQUE :

1837-1901 : règne
de Victoria en Angleterre.

Vers 1860 : âge d'or
du roman européen :
Dickens, Dumas, Hugo,
Flaubert, Tourgueniev,
Dostoïevski, Tolstoï.

1861 : abolition
du servage en Russie.

1869 : ouverture du canal
de Suez.

1876 : invention
du téléphone.

1885 : Karl Benz
construit la première
voiture, 15 km/h.

1886 : la première
exposition impressionniste
à New York est un succès.

1889 : la tour Eiffel

1895 :
découverte des rayons X,
de la télégraphie sans fil et
du cinéma.

Il semble en fait que Porter ait été coupable techniquement et pas moralement. Toute sa vie il s'efforcera de cacher cet épisode de son passé.

C'est pourtant dans sa cellule qu'il devient écrivain : une de ses histoires, *Le Miracle de Lava Canon*, est publiée par un magazine sous le pseudonyme de O'Henry. Il ne cessera plus d'écrire sous ce nom de plume. Ses nouvelles paraissent dans des journaux new-yorkais, et il peut ainsi entretenir sa fille.

À sa libération, il s'installe à New York, travaille d'arrache-pied malgré son penchant pour la boisson, et devient le conteur le plus célèbre et le mieux payé de tous les Etats-Unis.

À partir de 1903, il publie un récit chaque dimanche dans le *New York World*. Ses histoires sont périodiquement éditées en recueils : en 1904, *Des choux et des rois*, histoires d'Amérique centrale, en 1906, *Les Quatre Millions*, histoires new-yorkaises (la ville compte quatre millions d'habitants), *La Voix de la ville* en 1908.

Il se remarie, mais le mariage ne dure guère. Sa tuberculose rechute, et sa consommation d'alcool n'arrange rien. Il travaille pourtant comme un fou : sept recueils paraissent en 1907 !

Malheureusement, l'alcool et la maladie auront raison de sa santé, et il meurt à l'hôpital à l'âge de 48 ans.

O' HENRY : DES EXTRAITS DE SON ŒUVRE

SAGESSE

« Suivre des cours, se plonger dans
les encyclopédies ou dans des anthologies
remplies d'actions d'éclat ne nous apportera
jamais la sagesse. Comme le dit le poète :
" La connaissance s'acquiert, mais la sagesse
imprègne ". La sagesse nous pénètre, sans que
nous en soyons conscients, nous rafraîchit
et nous profite. La connaissance est un torrent
d'eau que l'on déverse sur nous avec un tuyau
d'arrosage. Cela détruit nos racines. »

Le Summum du pragmatisme

HIVER

« Une feuille morte tomba sur les genoux
de Soapy. C'était la carte de visite du Père
Hiver. Le Père Hiver est toujours très poli
avec les clients réguliers de Madison Square,
il ne manque jamais de leur annoncer sa visite
annuelle. Aux coins de quatre rues, il tend son
bristol au Vent du Nord, le concierge du Manoir
des Couche-dehors, afin que les habitants
d'icelui sachent qu'il leur faut se préparer. »

L'Hymne et le Flic

ARGENT

« Je te parie que l'argent gagne à tous les coups,
mon garçon. J'ai feuilleté toute l'encyclopédie
depuis A jusqu'à Z pour tâcher d'y trouver
quelque chose qu'on ne peut pas se procurer
avec de l'argent : le diable m'emporte si j'en ai
découvert une seule, même à l'article
« Incorruptible ». Je te dis que l'argent arrive
toujours dix longueurs d'avance devant le reste
du lot. Cite-moi quelque chose qu'on ne peut
pas acheter avec de l'argent. »

Mammon et le petit Archer

O' HENRY : DES EXTRAITS DE SON ŒUVRE

PAYSAGE

« Ils traversaient, sur des roues de velours,
une merveilleuse savane. (...). L'air était comme
un vin pétillant qui apportait à leurs narines,
chaque fois qu'ils le respiraient,
le parfum délicat des fleurs de la Prairie. »

Hygie au ranch Solito

VIE DE CHIEN

« Je menais une vie de chien dans cet
appartement. Je passais presque toute la journée
dans mon coin à regarder cette grosse femme
exterminer les heures de son existence.
Par moments, je m'endormais, et je rêvais
avec des petits cris d'extase que j'étais en train
de courir après des chats dans la cour,
et que j'aboyais après de vieilles dames
qui portaient des mitaines, ce qui est la fonction
naturelle d'un chien. »

Mémoires d'un chien jaune

CHAGRIN

« Il y a une différence fondamentale entre
le chagrin de la jeunesse et celui des vieillards ;
la jeunesse fait participer les autres à son chagrin
et celui-ci s'en allège d'autant ; les vieillards
peuvent le communiquer autant qu'ils veulent,
leur chagrin reste le même. »

Le Comte et l'Invité

TROP TARD

« On n'apprécie son pays qu'après l'avoir quitté,
son argent lorsqu'on l'a dépensé, sa femme
quand elle s'est inscrite à un club féminin,
et Old Glory, le drapeau américain, que si
on le voit accroché à un manche à balai devant
la baraque d'un consul dans une ville étrangère. »

Le 4 juillet au Salvador

41

O'HENRY : SON STYLE

O'Henry parle de ce qu'il connaît. La matière
de ses histoires, ce sont les grands espaces
de l'Ouest, le Texas encore à demi-sauvage
de sa jeunesse, l'Amérique latine qu'il connut
en tant que fuyard, ou bien encore New York,
où il vécut après ses années de prison.
C'est sur cette toile de fond qu'il exerce
« sa verve comique, son humour décapant,
son ironie non dénuée de tendresse ».

Pour ce faire, il joue avec les différents niveaux
du langage parlé, passant d'un langage familier,
voire argotique, à des phrases alambiquées,
et brodant le plus souvent sur des coïncidences
plus invraisemblables les unes que les autres.
Il passe du burlesque à la satire, quelquefois au
tragique comme c'est le cas dans cette nouvelle,
s'adressant parfois directement au lecteur,
le prenant à parti au milieu de l'action.
Mais presque toujours, l'histoire a sa morale,
comme ici la sagesse des Mages, dont l'amour
et la générosité comblèrent l'enfant Jésus.

Une des principales caractéristiques d'O'Henry,
c'est d'abord l'usage des références classiques.
Pas un conte sans une ou plusieurs allusions
à la mythologie, l'histoire classique
ou la Bible. Ici, il emprunte aux Mages
de l'Évangile l'art du cadeau de Noël. Il a baigné
dans cette culture, et elle fait partie de lui.

Son autre signature systématique,
c'est le dénouement inattendu : dans toutes
ses nouvelles, l'histoire opère un retournement
brusque, souvent dans les dernières lignes. On a
l'impression que l'auteur jouit de notre surprise,
comme s'il s'était tenu embusqué, à l'affût du
moment propice où nous prendre de court.

Certains de ses
contemporains dénigrent
O'Henry,
le considérant comme
« un sentimentaliste,
un homme n'aimant que
le joli, même s'il le trouve
dans une boîte d'ordures.
Mais peut-on nier
que le sentiment joue
un rôle considérable
dans la vie ? »
Vincent O'Sullivan